견우와 직녀

글 조항록 | 그림 이진경

아득히* 먼 오랜 옛날,
흰구름이 둥실둥실 떠다니는 하늘나라에
직녀라는 공주님이 살고 있었어요.
직녀는 아름답고 착할 뿐만 아니라
베* 짜는 솜씨가 아주 뛰어났지요.
"허허, 내 딸이지만 참으로 기특하구나."
임금님은 직녀를 몹시 어여뻐했어요.

*아득하다 : 까마득하게 오래 되다.
*베 : 삼실 · 무명실 · 명주실로 짠 천.

'찰그락찰그락!'
어느 따뜻한 봄날, 베를 짜던 직녀는
솔솔 불어 오는 꽃 향기에 푹 빠져들었어요.
"어머, 향긋한 꽃 냄새가 어디서 나는 것일까?"
직녀는 일손을 멈추고 베틀*에서 일어나
들꽃이 가득 핀 언덕으로 사뿐사뿐 걸어갔어요.

*베틀 : 베를 짜는 틀.

직녀는 까르르 웃으며
어린아이처럼 언덕 위를 뛰어다녔어요.
그 때 소를 모는 젊은이가
그 모습을 보고 한눈에 반하였어요.
'오, 정말 아름다운 아가씨인걸.'
직녀도 젊은이와 눈이 마주쳤어요.
'아, 정말 늠름하신* 분이구나.'
두 사람의 만남을 축복하듯
소가 음매음매 울었지요.

*늠름하다 : 위풍이 있고 당당하고 씩씩하다.

젊은이의 이름은 견우였어요.
소를 몰며 밭을 가는 부지런한 사람이었지요.
견우와 직녀는 곧 사랑하는 사이가 되었어요.
"직녀 공주님, 나와 결혼해 주세요."
견우의 청혼에 직녀의 볼이
꽃잎처럼 발그레해졌어요.
"저도 견우님과 결혼하고 싶지만
아버지의 허락을 받아야 해요."

직녀는 궁궐에 돌아와서도 견우 생각뿐이었어요.
그렇게 좋아하던 베도 잘 짜지 않고
멍하니 생각에 잠겨 있을 때가 많았어요.
견우도 직녀만 그리워했지요.
"직녀 공주는 지금 뭘 하고 있을까?"
견우가 부지런히 일하지 않아
밭에는 풀만 무성하게 자라고
소는 우물우물 풀을 뜯기만 했지요.

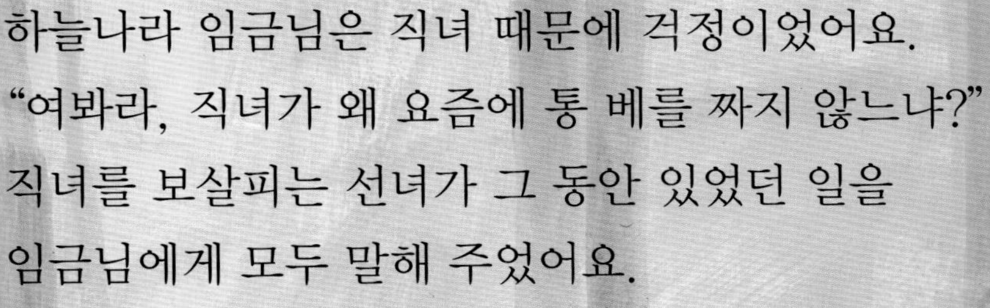

하늘나라 임금님은 직녀 때문에 걱정이었어요.
“여봐라, 직녀가 왜 요즘에 통 베를 짜지 않느냐?”
직녀를 보살피는 선녀가 그 동안 있었던 일을
임금님에게 모두 말해 주었어요.
“뭐라고? 직녀가 소몰이꾼을 사랑한단 말이냐?
그렇다고 자기 일을 소홀히* 하다니…….
더욱 괘씸하구나!”
임금님은 버럭 화를 냈어요.

*소홀히 : 꼼꼼함이나 정성이 없이 허술하게.

임금님은 당장 직녀를 불러 호통을 쳤어요.
"소몰이꾼 견우를 만난다는 말이
사실이냐? 베도 짜지 않고 있다고?"
"용서해 주세요, 아바마마.
하지만 저는 견우님을 정말 사랑해요."
직녀가 울먹이며 애원했어요.
하지만 직녀에게 실망한 임금님은
부글부글 끓어오르는 화를
참을 수 없었어요.

임금님은 두 사람이 더 이상 만날 수 없도록
멀리 떼어 놓기로 했어요.
“직녀는 서쪽, 견우는 동쪽으로 보내거라.”
견우와 직녀는 구슬 같은 눈물을 뚝뚝 흘리며
이별을 슬퍼했어요.
그 모습을 본 임금님도 가슴이 조금 아팠어요.
그래서 다시 명령을 내렸어요.
“일 년 동안 열심히 일을 하면 칠월 칠일에 단 한 번
은하수*를 사이에 두고 만나게 해 주마.”

*은하수 : 남북으로 길게 보이는 은하계를 강으로 보고 이르는 말.

견우와 직녀는 칠월 칠일이 되기를 기다리며
일 년 동안 열심히 베를 짜고 밭을 갈았어요.
드디어 칠월 칠일이 되자, 강가로 달려갔어요.
"견우님, 보고 싶었어요!"
"사랑하는 직녀 공주, 잘 지냈나요?"
하지만 두 사람 사이에 펼쳐진 은하수가
너무 깊고 넓어 가까이 다가갈 수가 없었어요.

두 사람은 눈물을 펑펑 쏟았어요.
그 눈물이 비가 되어
세상에 주룩주룩 내렸지요.
얼마나 많은 눈물을 흘렸는지
해마다 칠월 칠일이 되면 홍수가 났어요.
시냇물이 넘치고, 논밭이 잠기고
집과 가축들이 둥둥 떠내려갔지요.
동물들도 먹이가 없어 굶게 되었어요.
마침내 견디다 못한 동물들이 모여
두런두런 회의를 열었어요.

"왜 칠월 칠일만 되면 홍수가 나지? 어흥!"
"견우와 직녀가 은하수를 사이에 두고
만나지 못해서 그래. 음매음매!"
"그럼 두 사람을 만나게 해 주면 되겠네. 꿀꿀!"
"어떻게 만나게 해 주지? 까악까악!"
"좋은 방법이 없을까? 매애!"
동물들은 머리를 맞대고 골똘히 궁리했지만
뾰족한 방법이 생각나지 않았어요.

그 때 까치와 까마귀들이 나서며 말했어요.
“우리가 한번 해 볼게.”
“뭐? 너희들이 어떻게?”
동물들이 한 목소리로 물었어요.
“우리가 모두 모여 날개를 맞대고 줄지어 서서
두 사람이 강을 건널 수 있는 다리를 만드는 거야.”
그 말에 동물들이 기뻐하며
짝짝짝 박수를 쳤어요.
“우와, 그것 참 좋은 생각이다!”

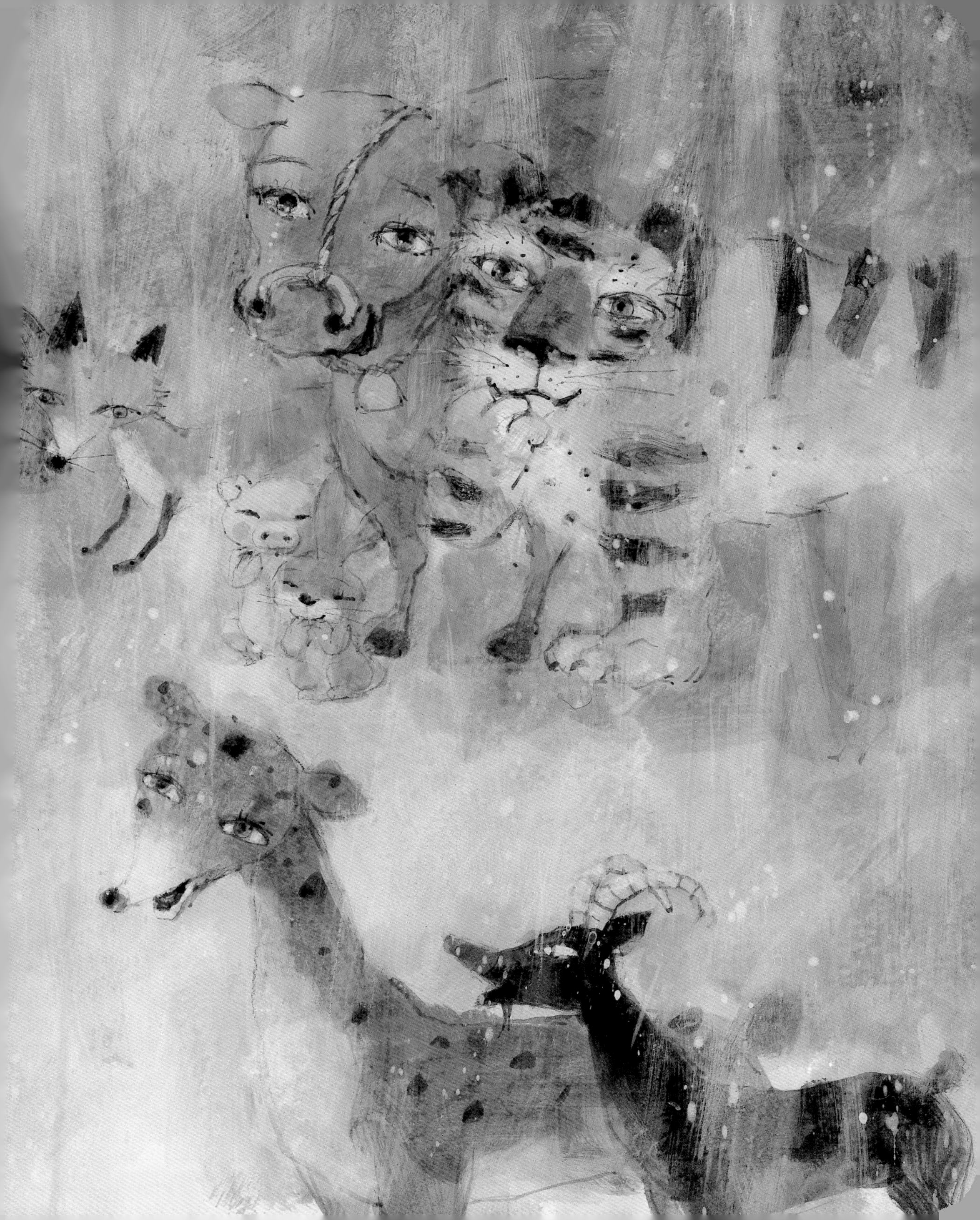

또 다시 칠월 칠일이 되었어요.
까치와 까마귀들은 하늘 높이 날아올라
몸을 맞대어 다리를 만들었어요.
"어서 우리를 밟고 강을 건너세요."
견우와 직녀는 다리를 조심조심 건너
드디어 손을 마주 잡고 꼭 껴안았어요.
"직녀 공주, 정말 보고 싶었어요."
"저도요, 견우님!"
"까악까악!"
까치와 까마귀들은 흐뭇해하며
하늘을 빙빙 날았답니다.

까치와 까마귀가 다리를 만들어 준 뒤부터
칠월 칠일이 되어도 홍수가 나지 않았어요.
가끔 견우와 직녀가 헤어지며 흘리는 눈물이
보슬보슬 이슬비나 부슬부슬 가랑비가 되었지요.
그 후 사람들은 해마다 음력 칠월 칠일을
'칠석' 이라고 부르고,
까치와 까마귀가 놓는 다리를
'오작교' 라고 부르기 시작했답니다.

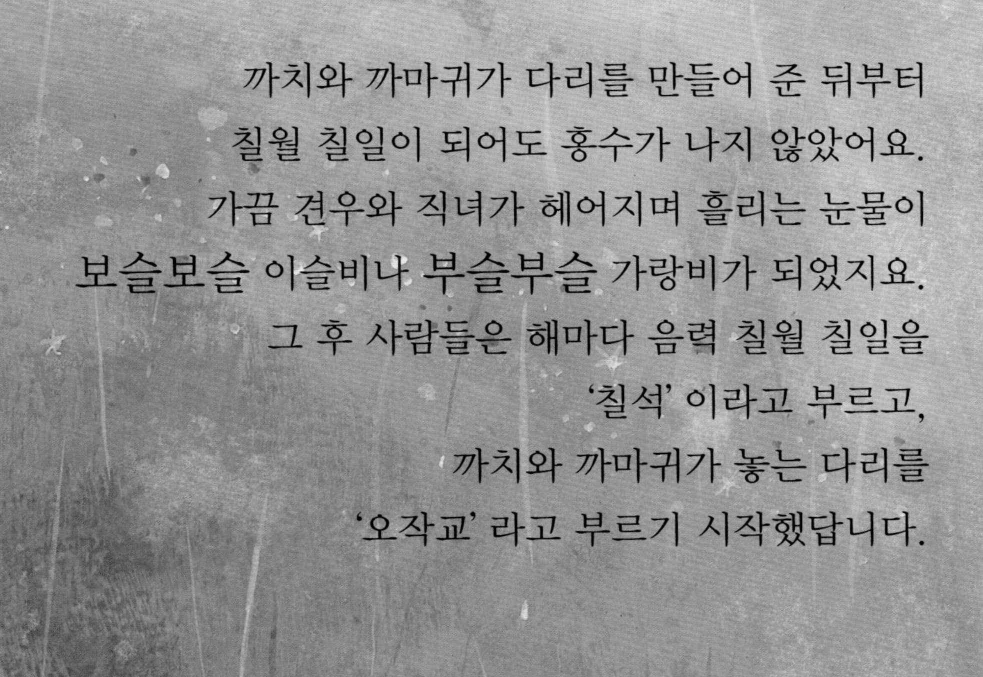

견우와 직녀

내가 만드는 이야기

아이들이 들려 주는 이야기를 들어 본 적이 있나요?
그 이야기 속에는 아이들의 무한한 상상력과 창의력이 담겨 있음을 발견하게 될 것입니다.
번호대로 그림을 보면서 앞에서 읽었던 내용을 생각하고,
아이들만의 상상력과 창의력이 표현된 이야기를 만들어 보게 해 주세요.

7
8
9
10
11
12
13
14

견우와 직녀

옛날 옛적 견우와 직녀 이야기

〈견우와 직녀〉는 중국과 한국에 널리 퍼져 있는 설화입니다. 아주 오랜 옛날 하늘나라 임금님의 딸인 직녀와 소를 몰던 소몰이꾼 견우는 첫눈에 서로에게 반합니다. 사랑에 빠진 두 사람은 일을 소홀히 하고, 이를 알게 된 임금님은 불같이 화를 내며 견우와 직녀를 은하수 밖으로 내쫓고 일 년에 단 한 번 칠월 칠일에만 만날 수 있게 해 줍니다.

그러나 그렇게 기다리던 칠월 칠일이 되었지만 두 사람은 몹시 실망하고 말았지요. 은하수는 아주 깊고 넓은 강이어서 두 사람은 강을 건너지 못하고 이름만 애타게 부르며 눈물만 흘렸어요. 그들이 흘린 눈물은 큰비가 되어 집과 산을 모두 잠기게 하여 큰 홍수를 만들어 냈습니다. 땅에 사는 동물들은 칠월 칠일이면 홍수가 져서 큰 걱정이었지요. 동물들은 이를 해결하기 위해 의견을 모았고, 까치와 까마귀가 은하수의 다리가 되어 견우와 직녀를 만나게 해 주었습니다.

▲ '오작교'의 주인공 새 까마귀(위)와 까치(아래)

베를 짜는 여성과 소를 모는 남성이 주인공인 이야기는 농경민의 신화적 상상력을 바탕으로 하고 있습니다. 견우와 직녀가 일 년에 한 번 만날 수 있는 칠월 칠일을 기원하며 베 짜기와 소 모는 일을 열심히 하듯이, 옛 사람들도 칠석날을 기다리며 자신이 맡은 일을 열심히 했습니다. 그러다 칠석이면 제사를 지내고 축제를 즐겼답니다.